JN246431

図書館(としょかん)にいた
ユニコーン

マイケル・モーパーゴ 作　ゲーリー・ブライズ 絵　おびかゆうこ 訳

孫のアランとローレンスへ
マイケル・モーパーゴ

図書館にいたユニコーン

もくじ

1　子どものころのぼく

ぼくが、はじめてユニコーンを見たのは、八歳のときだった。もう二十年も前のことだ。

ぼくの名前は、トマス・ポレッチ。

子どものころからずっと、山と森にかこまれた村でくらしている。大きな町からずいぶんはなれた谷間にある、しずかな村だ。

もし旅行者が通りかかっても、まさか、こんなのどかなところで、大きな事件がおこるなんて、ゆめにも思わないだろう。

ところが、二十年ほど前に、この村で、しんじられないようなことが本当におきた。それは、ぞっとするほどおそろしく、また、とてもすばらしいできごとだった。

その話をする前に、ぼくの子ども時代のことを、すこし聞いてほしい。

子どものころ、ぼくには、この村が世界のすべてだった。

村の中にあるものは、なにもかも知っていた。玉石がしかれた路地も、道をてらす街灯も、見おぼえのないものは、ひとつもなかった。

どの家にだれが住んでいて、どんな犬をかっているかも、ぜんぶおぼえていたし、もちろん、村の人たちも、ぼくのことを知っていた。
ぼくの家は農家で、村はずれにあった。兄弟がいないので、いつもひとりであそんでいた。
部屋のまどからは、村の中心にある、教会の塔が見えた。夏の夕方になると、アマツバメのむれが、塔の上を飛びまわる。高い声で鳴きながら、ひとかたまりになってヒューッとまいおりる、アマツバメの動きを目で追うのは、とてもおもしろかった。
教会の鐘の音が聞こえてくると、いつも思わず耳をすました。ゴーン、というひくい音が、あたりにひびきわたるのを、いつまでもずっと聞いていた。

鐘の音はすきだったのに、日曜日に教会の礼拝へ行くのは、めんどうくさくて、いやだった。行かなくてすむなら、なるべく行きたくなかった。父さんも、ぼくとおなじように、教会へ行くのがめんどうだったらしい。ときには、ふたりで礼拝をさぼって、さかなつりに行くこともあった。信心ぶかい母さんとおばあちゃんは、毎週かかさず通っていたけれど。教会に行くにしろ、行かないにしろ、日曜日は、一週間の中でいちばんたのしみな日だった。

さむい冬には、父さんといっしょに、トボガンというソリで、雪のつもった山のしゃめんをすべりおりた。夏のあつい日には、よく湖へおよぎに行った。つめたい滝にうたれて、父さんと、ワーワーいってはしゃいだのも、いつも日曜日だ。

父さんとふたりで、山歩きをたのしんだことも、よくおぼえている。ワシが空高くまいあがるのをながめたり、森に入って、シカやイノシシやクマがのこしたあとがないか、草をかきわけさがしたり。木立の中を歩くクマのすがたが、ちらっと見えたような気がすることもあった。

ぼくは、ときどき立ちどまり、目をとじて、山のしずけさを全身でかんじた。すんだ空気をむねいっぱいにすいこみ、森の音と風のささやきに耳をすます。オオカミの遠ぼえが聞こえると、むねがわくわくしてくる。

どこか遠くにいるはずのオオカミを、一度でいいから、この目で見たかったけど、ねがいはかなわなかった。

おばあちゃんと父さんと母さんとぼくの四人で、ピクニックに出かけることもあった。

みんなが、ひなたぼっこをしながら、ひるねをはじめると、ぼくは、山のしゃめんをころがりおりてあそんだ。ごろごろ、ごろごろ、横むけにころがって、さいごはごろんと、あおむけになる。すると、空の雲も山も、まわりのなにもかもが、ぐるぐる、ぐるぐる、まわりつづける。そうやって、わざと目がまわるのをたのしんだ。

教会に行くのとおなじくらい、ぼくは、学校もきらいだった。

母さんは、教会のことはうるさくいわなかったけど、学校のこととなると、とてもきびしかった。

でも、父さんは、いつもぼくの味方をしてくれた。

「そんなに、がみがみいったら、トマスが、かわいそうじゃないか。学校も教科書も、どうせ、将来たいして役には立たないだろう。

山に一日いるほうが、学校に一週間通うより、ずっとたくさんのことを学べるぞ」

父さんはそういってかばってくれたけど、母さんはゆずらなかった。

おなかがいたいとか、あたまがいたいとかいっても、一日だって、学校を休ませてくれたことはない。母さんは、ぼくのうそを、たちどころに見やぶった。ぼくのことなら、なんでもお見通しなのだ。どうにかして学校をさぼろうと、あれこれ考えても、母さんをだますことなどできやしない。

それは、ぼくにも、よくわかっていた。

それでも、校庭でみんなといっしょに整列したり、教室にとじこめられて、えんえんと先生に質問されたり、まとはずれなこたえをいって、クラスメートにからかわれたりするのがいやで、ぼくは、こりずに、うそをつきつづけた。

学校に行っても、教室のまどの外に広がる、大すきな山や森をながめては、時間が早くすぎることだけをねがっていた。

学校がおわると、ぼくは家にとんでかえった。そして、ハチミツをぬったパンを口につめこんで、牛乳をのどにながしこむと、大いそぎであそびに出かけた。

ゆっくり味わって食べなかったのは、ハチミツつきのパンがきらいだったからじゃない。放課後は、いつもはらぺこだったし、母さんが焼くパンも、父さんがつくるハチミツも、世界一おいしいと思っていた。もちろんハチミツは、父さんがつくっていたわけじゃなく、父さんが飼っていたハチがあつめてきたものだ。

うちは小さな農場で、山のしゃめんでヤギを、庭ではブタやニワトリを飼っていた。ウシも二頭いた。でも、父さんがいちばん力を入れていたのは、ハチを飼ってハチミツをとる、養蜂の仕事だ。何十個ものハチの巣箱を、山のしゃめんいっぱいにならべて、ハチミツをあつめていた。だからうちには、とれたてのハチミツが、いつもたっぷりあった。

どんなにたくさん食べても、ハチミツにあきることはなかった。とくにすきだったのは、巣がついたままのハチミツだ。巣の部分はロウみたいで、歯にくっつくのがやっかいだけど、ハチミツといっしょに食べると、さいこうにおいしい。

きらいだったのは、牛乳だ。

「しぼりたてなんだから、すごく体にいいのよ」と母さんに何度いわれても、どうしてもすきになれなかった。

でも、牛乳をのまないと、あそびに行かせてもらえないから、味がわからないくらい一気にのんでしまうことにしていた。さっさとのみほしてしまえば、それだけ早く、大すきな山に行ける、というわけだ。

ハチの世話をする父さんにくっついて、山へ行くこともあった。花のなくなる冬にはハチにエサをやりに、夏はハチミツをあつめに行く。父さんといっしょにいられるのも、おとなの仕事を手つだえるのも、うれしかった。

でも本当は、山にはひとりで行くほうがすきだった。ひとりなら、じぶんの行きたいところへ行って、したいことができるからだ。まわりを気にせず、大声で歌をうたったり、いろんなことを空想したり……。ワシと大空へまいあがり、森の中では、シカやイノシシやクマ、そして、まだ見たことのないオオカミといっしょに、かけまわれる。

ひとりなら、本当のじぶんでいられるような気がしていた。

2　村の図書館へ

　ある雨の日、学校からかえって、いつものように牛乳をのどにながしこんでいると、母さんがコートをきて、出かけるしたくをはじめた。

「買い物に行くから、いっしょにおいで」

「いやだよ、買い物なんて」

と、ぼくは、ことわった。

「ちがうの。今日は、図書館につれていってあげる。たまには、おとなしく本を読むのも、わるくないと思ってね。

まさか、こんな雨の日にも、外をかけまわるつもり？」

「うん」と、こたえたけど、母さんは耳をかさなかった。

「かぜをひいてしまうから、だめよ。

だいたい、おまえは、ひまさえあれば、山にのぼったり、森をかけまわったりしているじゃないの。

そんなことばかりしていたら、そのうち、ヤギみたいにあたまから角が生えてきて、四つんばいになって走りだしたくなるかもしれないよ。

一度でいいから、山や森じゃなくて、図書館に行ってちょうだい。買い物は、母さんひとりで行くから、その間、図書館でゆっくりしておいで。

あたらしくきた司書さんは、お話をするのが、すごくじょうずなんだって。おもしろいお話を、たくさん聞かせてくれるそうよ」

「お話なんか、聞きたくない。つまんないもん。学校だけで、うんざりだよ」

でも、ぼくがなにをいおうと、母さんはもう、ぼくを図書館につれていくことに決めていた。

牛乳や学校のこととおなじで、たぶん勝ち目はないだろう。

だからといって、なにもせずに負けるのはいやだった。それで、母さんがぼくに上着をきせようとしたとき、わざと体をよじった。

「トマス、おまえのためなのよ。

あたらしい司書さんは、すばらしい人で、毎日、午後にお話会をひらいているんだって。お話を聞きたい子なら、だれでも参加できるみたいだから、ためしに行ってごらんよ」

「ぼくは、図書館なんか、行きたくないってば」

と、いいかえしてみたものの、ききめはなさそうだ。

「一度だけ、とにかく行ってみればいいじゃないの。つまんないかどうか、聞いてみないとわからないんだから」

母さんは、ぼくのかたをつかんで、いっしょに外へ出た。

そして、小ぶりになった雨の中を、いそぎ足で歩きはじめた。でも、ぼくを引っぱったりはしなかった。さすがに、母さんもそこまではしない。

ぼくは、のろのろと、せいいっぱい、ふてくされて歩いた。

そうかんたんには負けをみとめないことを、母さんに、わからせたかったのだ。むりやり図書館につれていかれることになって、ぼくがどんなにはらを立てているかを、思い知らせたかった。

でも、通りを行きかう人たちが、こっちを見ているし、どうせ勝ち目はないと思っていたから、とちゅうであきらめて、おとなしく母さんについていくことにした。

村の大通りに入り、役場の前をすぎた。広場にある図書館につくと、母さんといっしょに階段を上がり、入り口から中へ入った。

母さんは、ぼくの上着をぬがせ、ばたばたふって雨水をはらった。

「さあ、トマス、たのしんでおいで。一時間くらいしたら、むかえにくるからね。おぎょうぎよくして

るのよ」

そして、ぼくのあたまをなでると、母さんは買い物に行ってしまった。

ここまできても、ぼくは、まだ、ぐずぐずしていた。

玄関ホールの先にある、ガラスとびらからのぞくと、子どもたちが部屋のおくにあつまっているのが見えた。

わいわいさわいでいるようだ。ほとんどが、ぼくとおなじ学校の子だった。ハリネズミみたいに髪がつんつん立っている男の子は、フラノだ。ほかにも、アナやクリスチーナ、ダニやアントニオなど、十人くらいいた。

でも、みんな、ぼくより年下で、ぼくとおなじ学年の子や、ぼくの友だちはいない。まだ小学校にも通っていないような、小さな子もいる。

父さんのいい方だと、『はなたれっ子』だ。あんな『はなたれっ子』たちといっしょにお話を聞くなんて、ぜったいに、いやだ。

こんなところにいたくない。だれかに見つかる前にぬけだして、山へ行ってしまおう。あとで母さんにおこられたっていい。

そう決めて出ていこうとしたとき、みんなが、すこしでも前に行こうと、おしあい、へしあいしていることに、はじめて気づいた。目の前にあるものを、もっとよく見ようとしているみたいだ。

見たがっているものは、いったい、なんだろう？

ぼくは、とびらをあけ、引きこまれるように、部屋の中へ入っていった。みんなのほうへこっそり近づき、本棚のうしろにかくれて、ようすをうかがうことにした。


そのうち、みんなはおとなしくなり、全員がじゅうたんの上にすわりこんだ。まほうをかけられたように、だれもが口をとじ、じっと前を見つめている。

ぼくが、ユニコーンをはじめて見たのは、そのときだった。

子どもたちのむこうがわ、部屋のすみに、ユニコーンが一頭、すわっていた。

あ、ユニコーン！

本物のユニコーンがいる！

ぼくは、心の中でさけんだ。

ユニコーンは、ぎょうぎよく足をおり、かすかに、ほほえんでいる。あたまと、体と、たてがみと、しっぽは、まっ白で、小さなひづめは黒く、角は金色。ひとみは青く、きらきらかがやいている！

でも、やっぱり、本物のユニコーンのわけがない。まったく動かないし、ずっとおなじところばかり見ている。生きているなんて、ありえない。ほんの一瞬でも、本物だとしんじたじぶんに、ものすごくはらが立ってきた。ばかみたいだ。生きている本物のユニコーンなんて、この世にいるわけがない。そんなこと、はじめからわかっていたはずなのに……。

みんなが見つめているのは、木のユニコーンだ。木をけずって、色をぬっただけの、おきものだ。

ただ、どんなに目をこらしても、生きているようにしか見えない。本物のユニコーンがいたとしたら、きっとこんなふうだろうなあという、まさに想像どおりのすがたをしている。それに、まるでまほうの力をもっているようだ。もし、ユニコーンが今、立ちあがって歩きはじめても、すこしもおどろかないだろう。

気がつくと、ユニコーンのとなりに、女の人がひとり、しずかに立っていた。その人は、あかるい花がらのスカーフをまいて、ユニコーンのたてがみに、そっと手をのせている。

ぼくは、まだ本棚(ほんだな)のかげにかくれたままで、出ていく決心(けっしん)がつかないでいた。

女の人は、ぼくがいることに気づいたのだろう。こっちへいらっしゃい、というように手まねきした。

ほかの子たちがふりむいて、ぼくのほうを見る。にげだしたくなって、あとずさりしたとき、女の人がいった。

「よかったら、いっしょに、どうぞ」

ぼくは、さりげなく、じゅうたんの上にすわると、ほかの子たちといっしょに、女の人を見上げた。

女の人は、ユニコーンのたてがみをなで、くびをさすった。そのあと、まるで、ユニコーンが生きているとでもいうように、そーっと、ゆっくり、せなかにこしかけた。ユニコーンをおどろかせないように、気をつけているみたいだ。そしてユニコーンのひたいに、やさしく手をあてた。

女の人の手は、白くて小さくて、ほっそりしている。手だけでなく、ほかのところもぜんぶ、きれいだなあと思(おも)った。

まわりの子たちは、目をきらきらさせている。

みんな、だまったまま、身動きひとつしない。

とつぜん、ぼくのとなりにいた女の子（アナだったと思う）が、声を上げた。

「先生、ユニコーンのお話がいい！　ユニコーンのお話が聞きたいの！」

すると、みんなも口をそろえた。

「ユニコーンのお話！　ユニコーンのお話！」

女の人は、かたほうの手を高く上げ、みんなを落ちつかせた。

「そうね。じゃあ、ユニコーンのお話からはじめましょう」

女の人は、息をすって目をつぶり、しばらくじっとしていた。

そして、目をあけると、まっすぐにぼくのほうを見て、話しはじめた。

3　ユニコーンのお話

「みなさん、ほら、まどの外を見て。まだ雨がふっているわね。
もしも、このまま雨がふりつづいて、いつまでもやまなかったら、どうなってしまうか、考えたことはあるかしら？

ずっとむかし、雨がふって、ふって、ふりつづいたことがありました。
世界じゅうが大洪水になり、なにもかもが水の下にきえてしまいました。
なぜ、そんなことになってしまったのでしょう。
それは、神さまが、人間たちに罰をあたえることにしたからです。

そのころ、世の中には、わるい人間がたくさんいました。人々の心はせまく、だれもがよくばりで、じぶんのことしか考えていませんでした。人々はたがいに、にくみあい、あらそいがたえなかったのです。

神さまは、そんな人間たちをこらしめるため、罰をあたえることにしました。心のみにくい人間と、その世界を、ほろぼすことに決めたのです。

ただ、そんなひどい世界にも、正しい心の人間はいました。そして動物も、なにひとつ、わるいことをしていませんから、まもってやらなければなりません。

そこで神さまは、世界を一度ほろぼしたあとで、人間に、また一からやり直させることにしました。

まず神さまは、いちばん知恵がはたらく、心の正しい人間をさがしました。えらばれたのは、ノアという男の人です。

神さまは、ノアに、方舟をつくるよう命じました。そして、この世界の、ありとあらゆる動物のオスとメスをさがしだし、方舟にのせなさい、とつげたのです。

ノアとその家族は、神さまにいわれたとおり、大きな木を何本もきりたおし、丸太をけずって、たくさんの板をつくりました。そして、だれも見たことがないほど大きく、がんじょうな方舟をつくりはじめました」

女の人は、小さな声でささやくように話していた。

ぼくは、ひとことも聞きのがさないように、体をぐっと前にのりだした。

「もちろん、まわりの人たちは、おどろきました。

ノアが方舟をつくっていたのは、海から遠くはなれたところでしたから、とうぜんでしょう。

いったい、どういうつもりなんだ？　ばかなことを！　ノアは、あたまがおかしくなったのか？　と、みんなはわるくちをいいました。

でもノアは、まわりの声など、すこしも気にしませんでした。まようことなく、ただひたすら舟をつくりつづけたのです。

とても大きな方舟ですから、できあがるまでには、何年も、何年もかかりました。

そうしてようやく完成すると、ノアと家族は、動物をさがしにいきました。どの動物も、それぞれ二頭、オスとメスをつれてきたのです。

みなさんが知っている動物が、すべてやってきましたよ。

ライオン、トラ、ゾウ、キリン、ウシ、ブタ、ヒツジ、ウマ、シカ、キツネ、アナグマ、オオカミ、クマ、それに、ウォンバットやワラビーも。

それから、ハチやチョウチョウ、バッタのような虫たちも、みんな方舟にのせました。

ところが、どんなにさがしても、ユニコーンだけは、一頭も見つけることができませんでした。

ノアには小さなまごがたくさんいて、みんなユニコーンが大すきでした。いつの時代も、子どもたちは、ユニコーンに心ひかれるものなのです。

ノアたちは、何週間も、何カ月も、ユニコーンをさがしつづけました。

そのうち雨がふりだしました。雨はどんどんはげしくなり、どしゃぶりになって、とうとう滝のようになりました。それはもう、天地がひっくりかえるほどの、すさまじい大雨でした。

ノアと家族は、ユニコーンをさがすのをあきらめ、あんぜんな方舟にのりこむと、外のようすをうかがいました。

またたくまに、湖や川の水があふれ、あたりが海のようになると、方舟は、ふわっと、うきあがりました。

舟の中には、あらゆる種類の生き物が、ひしめきあっていましたが、ユニコーンだけは、のせられないままでした。

谷間という谷間に、水がゴーゴーうなりながら、いきおいよくながれこみました。町も、村も、わるい人間たちも、あっというまに、水にのまれ、おしながされていきます。

雨は、ふって、ふって、ふって、ふりつづき、とうとう、水のほかに目に入るのは、遠くにある山々のてっぺんだけになりました。

方舟の中にいたノアと家族は、水におぼれる心配はありませんでしたが、心はしずんでいました。

とくに、ノアのまごたちは、元気がありません。

『ユニコーンは、どうなったの？　たすけてあげられなかったの？』と、何度もノアにたずねます。

ノアは、まごたちを元気づけるには、どうしたらいいか考えました。

『よし、わしが、木でユニコーンをつくろう。本物そっくりで、こしかけたり、またがったりできるようなのをな。

ユニコーンには、ふしぎなまほうの力があるのだよ。わしのユニコーンも、きっと、ねがいをかなえてくれるだろう。

この旅をつづけるには、どうしても、まほうの力がひつようだからな』

ノアは、仕事のあいまに、木をけずり、ユニコーンをつくりはじめました。子どもたちが、ずっとえがおでいられるように、ねがいをこめて彫りました。

やがて、りっぱなユニコーンができあがると、子どもたちは、とてもよろこびました。

ノアは、ときどきユニコーンにこしかけ、子どもたちにお話をしてやりました。

ノアのユニコーンも、この図書館のユニコーンのように、まほうの力につつまれていたことでしょうね。

さて、舟の中には、たくさんの動物たちがいて、世話をしてやらなければなりませんでした。ノアたちは、エサをやったり、そうじをしたり、とてもいそがしくしていました。

ですから、二頭のユニコーンが、山のてっぺんに立ち、通りすぎる方舟を見つめていたことに、だれひとり気づきませんでした。この世に生きのこった、さいごの二頭を、ノアたちは見のがしてしまったのです。

ユニコーンは、ひくい声でいななき、うしろ足で立って、ひづめで宙をかきました。ノアたちに気づいてもらおうと、あたまを大きくふり、たてがみをゆらしました。

でも方舟は、みるみるうちに、水平線のかなたへきえてしまいました。はげしい雨と風の中、二頭のユニコーンは、どうすることもできません。ユニコーンたちのまわりには、波うつ大海原が、どこまでもつづいています。雷がとどろき、雲のあいだから稲妻が何本もひかり、そこらじゅうで竜巻がおこりました。海は、いかりくるって波立ち、世界じゅうが、大洪水におそわれました。そして、あらゆるものが、水の下にきえてしまったのです。

とりのこされた二頭のユニコーンは、どうなったのでしょう。

水は、いよいよユニコーンのいる山頂にまで、おしよせてきました。水かさは、どんどん上がってきます。

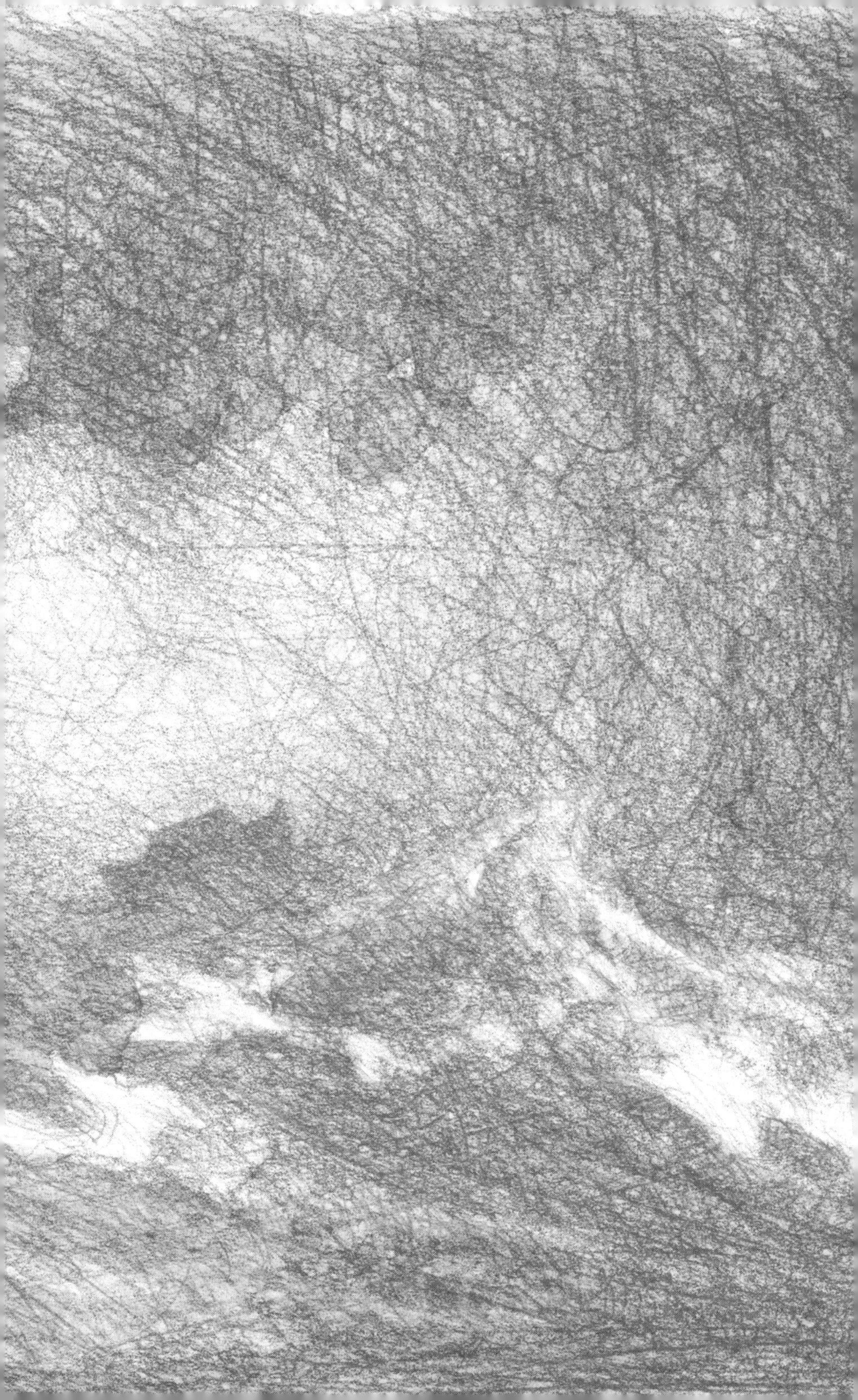

まず、ひづめが水につかり、そしてせなかもつかり、二頭のユニコーンは、およぐしかなくなりました。

ただひたすら、およいで、およいで、およぎつづけました。何時間も、何日も、何週間も。

やがて、ようやく雨がやみ、空がはれました。

けれども、陸地はどこにも見あたりません。二頭のユニコーンは、どこかにきっと陸地があるとしんじて、さらにおよぎつづけました。

ユニコーンたちから、はるか遠くはなれたところに、アララトという山がありました。

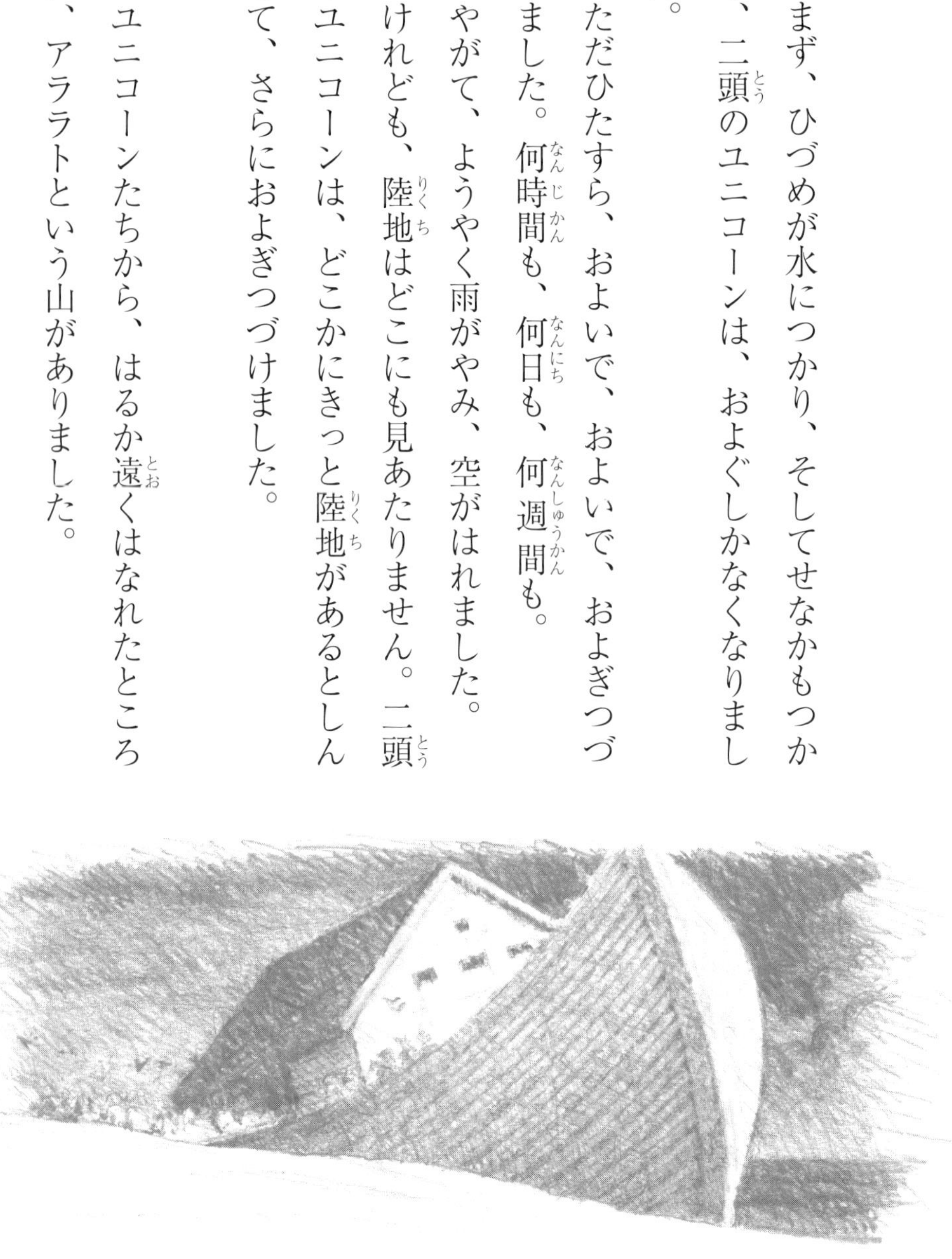

ノアの方舟は、その山の上に、たどりつきました。ノアは、神さまに命じられたとおり、つれてきた動物たちを、すぐに舟からおろしてやりました。

こうして、バッタからキリンまで、ありとあらゆる生き物が、この世界で、またふえていくことになったのです。

そのあと、ノアは、方舟の木をつかって家を建て、子やまごたちが、世界じゅうに旅立っていくのを見おくりました。

それからさらに、ながい、ながい年月がたった今、ノアの方舟のおかげで、この世には、何十億もの人間が生きています。

みなさんも、わたしも、ノアの子孫なのかもしれませんね」

女の人とぼくたちは、だまって見つめあった。

しばらくして、ひとりが声を上げた。

「ユニコーンは、どうなったんですか？」

女の人は、話をつづけた。

「そうね。ユニコーンのことを、もうすこしお話ししましょう。

二頭のユニコーンは、そのあともずっと、およぎつづけていました。

何年も、何年もおよいでいるうちに、足はだんだん小さくなって、そのうち、あとかたもなくなって

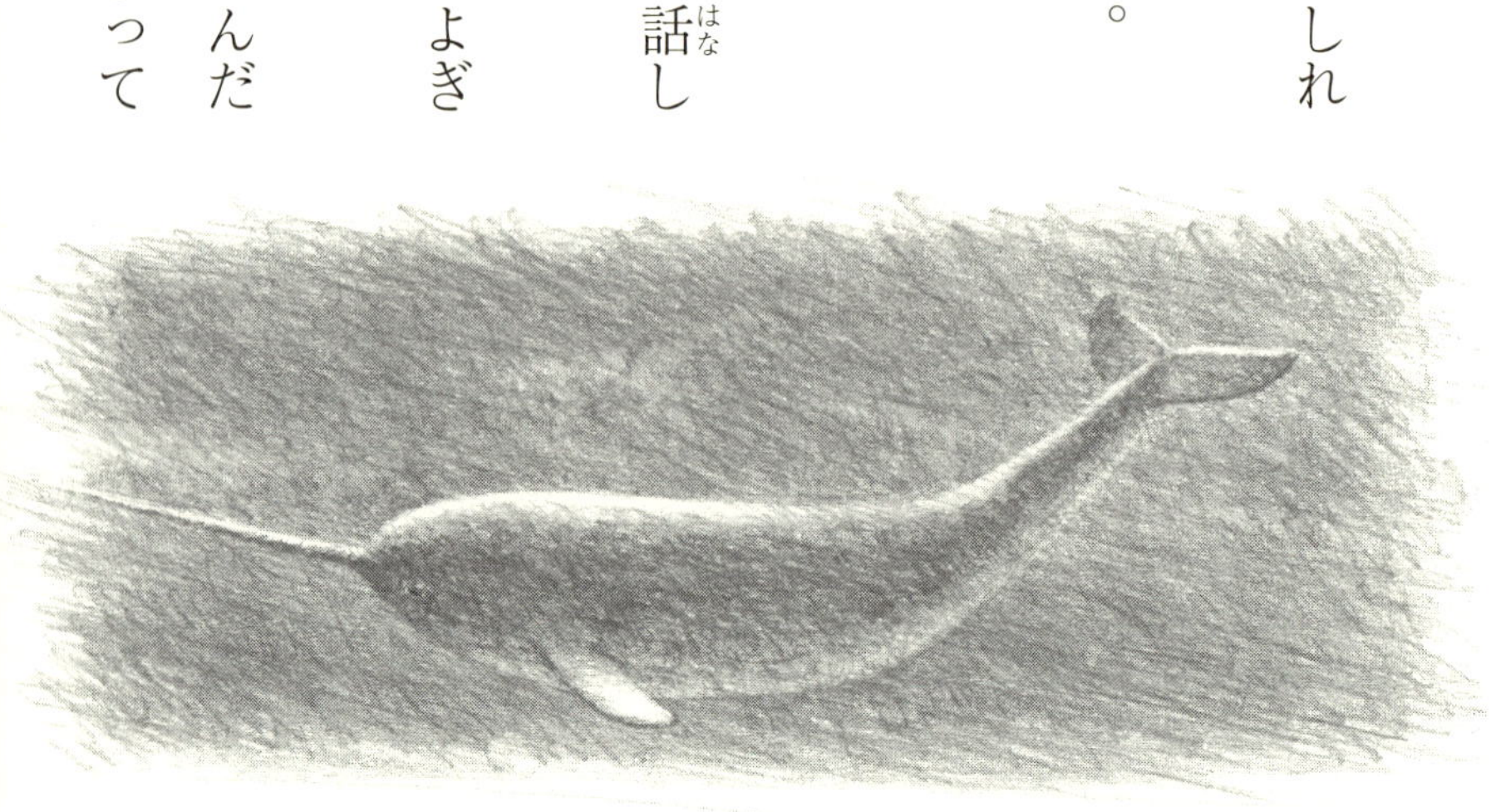

しまいました。そして、ユニコーンは、すこしずつ、クジラにすがたをかえていったのです。

クジラになったユニコーンは、すいすいと、らくにおよげるようになりました。クジラなら、気のむくままに、海のそこへもぐってエサを食べ、空気をすいたくなれば、水の上に顔を出すこともできます。ただ、どんなに時がながれても、ユニコーンのふしぎなまほうの力と、その角だけは、けっして、なくなりませんでした。

ですから、今でも海には、ユニコーンの角をもったクジラがいます。イッカクとよばれている、角のあるクジラです」

女の人は、ぼくたちのほうに顔を近づけると、ささやくようにいった。

「ユニコーンはね、広くて大きな海にいるのが、ときどきいやになって、人間の子どもに会いにくるそうよ。子どもたちの元気なわらい声を、聞きたくなるのかしら。子どもたちがユニコーンのことをすきだから、ユニコーンも、子どもたちのことがすきなのね。

月のかがやく夜、イッカクは、海から浜辺に上がって、もとのすがたにもどります。ふしぎなまほうの力をもった、美しいユニコーンになるのです。

わたしは、ユニコーンが本当にいるとしんじています。心から、しんじているんですよ」

4　子どもたちのお話

ユニコーンの話がおわると、ぼくらは、しばらく、ぼーっとしていた。ゆめから、だんだんとさめていくような気分だった。

女の人は、そのあともつづけて、お話や詩を聞かせてくれた。

女の人の足もとにおいてあるカバンには、本がぎっしりつまっていた。どれもお気に入りの本で、たいせつな「宝物」だそうだ。女の人は、その中から何冊かえらんで読んだり、なにも見ずに語ってくれたりした。女の人がじぶんでつくったお話も、まじっていたのかもしれない。

どのお話も、おもしろくて、いつまでも、ずっと聞いていたくなった。

ひとつの話がおしまいになるたびに、もっともっと聞きたい、と思った。

しばらくすると、女の人は、読んでいた本をとじ、ぼくたちに、こういった。

「さあ、今度は、みんなの番ですよ。ユニコーンのせなかにすわって、だれか、お話をしてくれないかしら？」

すぐに手が上がった。ハリネズミみたいな髪をしたフラノだ。

「先生、ぼくが話します！」

フラノは、とくいげにユニコーンにまたがると、アヒルの話をしはじめた。人間の言葉でおしゃべりはできるのに、アヒルらしくガーガー鳴くことができなくて、なかまからばかにされ、わらわれる、という話だ。

フラノのあとは、アナが手を上げ、そのあとも、つぎからつぎへ、まわりの子たちが手を上げた。どの子も、ユニコーンのせなかにのりたくてしかたないのだ。

ぼくもユニコーンにのってみたかったけど、体がうごかなかった。つっかえて、わらわれるのはいやだし、みんなの前で話すと思っただけで、ぞっとする。だから、ぼくはだまって、ほかの子の話を聞いていた。

こうして、図書館での時間は、あっというまにすぎていった。

かえり道、「お話会は、どうだった?」と、母さんに聞かれた。

「まあまあ、かな」と、ぼくは、きげんわるそうにこたえた。そうかんたんに、母さんをよろこばすつもりはなかった。

5　先生の宝物

　つぎの日、学校に行くと、ぼくは、『ユニコーン先生』（はなたれっ子たちは、図書館の女の人をそうよんでいた）のことを、クラスの友だちに話した。先生がしてくれた、わくわくするお話のことや、ふしぎなまほうの力をもつユニコーンのことも。そして、図書館のお話会へいっしょに行かないか、とさそってみた。でも、だれも行きたがらなかった。お話や詩を聞きにいくなんて、かっこわるい、というのだ。

　それでも、ちょっとのぞいてみる気になったのか、その日の放課後、二人の友だちが、ぼくについてきた。

そのくらいでよかったのに、何日かすると、二人が四、五人になり、四、五人が、すぐに何十人にもふくれあがった。ユニコーン先生のうわさが、日に日に、広まっていったのだ。

図書館の小さなお話会は、どんどん大きくなり、とうとう、学校じゅうの子どもが、あつまってくるようになった。

学校がおわると、ぼくたちは、いちもくさんに通りをかけぬけ、図書館をめざした。そして、われ先にと、ユニコーンと先生に近いじゅうたんの上にすわりこんだ。

先生のお話は、いつでもおもしろくて、がっかりしたことなど一度もない。前に聞いたことのあるお話でも、毎回、むちゅうになって耳をかたむけてしまう。それは、先生の話し方のせいかもしれない。まるで、ぼくひとりに語りかけてくれているような気がするのだ。とてもありえない、ゆめのようなお話でも、先生が話すと、本当にあったことみたいに思える。先生自身が、じぶんのお話を心からしんじて語っていたから、ぼくらもしんじられたのかもしれない。

ぼくも、ほかの子たちのように、ユニコーンのせなかにすわって、みんなの前で、なにか話してみたくなった。でも、うまく話せる自信がなくて、手を上げるゆうきが出なかった。

ある日の午後、ぼくは、いちばんのりだったので、ユニコーンのすぐ近くにすわっていた。

先生は、宝物の本が入っているカバンから、今まで見たことのない本をとりだすと、うしろの子にも見えるように、高くかかげた。

ぼろぼろの古い本だ。表紙はしみだらけで、題名ははっきり読みとれない。背の部分は、テープをはって直してある。それに、はしっこが焼けたように、こげて黒ずんでいた。

先生が話しはじめた。

「この本は、わたしにとって、この世でいちばんたいせつなものです。題名は、『マッチ売りの少女』。ハンス・クリスチャン・アンデルセンが書いたお話です。アンデルセンは、知っているでしょう？　そう、『みにくいアヒルの子』を書いた人ね。それから、『雪の女王』も。

ぼろぼろの、古い本にしか見えないかもしれないけれど、これは、わたしが小さな女の子だったころに、お父さんからもらった、とくべつな本なの。いちばんたいせつな、わたしの宝物なのよ」

「その本、焼けたんですか？」ぼくは、思わず聞いた。

「ええ、トマス、そうなの」

「どうしてですか？　なにがあったんですか？」

ぼくがさらに聞くと、先生は、かなしそうな顔になった。そして、話しはじめたときには声がふるえ、今にも泣きだしそうだった。

「今日は、わたしが、みなさんより、もっと小さな子どもだったときのことを、話しましょう。

子どものころ、わたしは、よその国に住んでいました。

その国を支配していたのは、心のゆがんだ、ひどい人間たちでした。その人たちは、物語や詩の力をおそれていました。本が人々にあたえるふしぎな力に、おびえていたのです。

たとえば、物語や詩を読むと、だれでも、いろんなことを考えるようになります。ああなりたい、こうしたいという、ゆめをもちたくなるでしょう？　それに、おかしいと思うことや、わからないことがあると、相手に聞いてみたくなります。でも、その国の支配者たちは、わたしたちのようなふつうの人間が、考えたり、ゆめをもったりすることが、いやだったのです。まして、じぶんたちに質問してくるなんて、がまんできなかったのでしょう。じぶんたちとおなじように考え、おなじことをしんじて、いわれたとおりにしてほしかったのです。

ある日、わたしが住んでいた町で、たいへんなことがおこりました。

とつぜん、黒いブーツに茶色のシャツをきた兵士たちがやってきて、町じゅうの本屋や図書館や学校、そして、人々の家の中にまで入りこみ、気に入らない本を、手あたりしだい、うばっていったのです。ありとあらゆる本が、棚からもちだされました。

兵士たちは、うばってきた本をすべて広場にあつめ、大きな本の山をつくると、そこに火をはなちました。

本が炎につつまれるのを見て、兵士たちは、どうしたと思いますか？

手をたたいて、よろこんだのです。本が燃えるのをながめて、うれしそうにわらっていたのです。

わたしは、そのようすを、父といっしょに、ずっと見ていました。

すると、きゅうに父が、『やめろ！　その本はだめだっ！』とさけびました。父は、燃えさかる本の山にかけよると、炎の中から一冊引きぬいて、手ぶくろもしていない手で、火をたたきけそうとしました。

兵士たちが、どなり声を上げ、父にむかって走ってきました。父はわたしをつれて、けんめいに、にげましたが、すぐに追いつかれてしまいました。

父は、兵士たちになぐりたおされ、足でけられ、棒や銃でたたかれました。でも、どんなになぐられようと、その本を、ぎゅっとだきかかえて、ぜったいにはなそうとしませんでした。

兵士たちは、なんとかして、父の手から本を引きはがそうとしましたが、とうとうあきらめ、行ってしまいました。

そのとき父がにぎりしめていたのが、この本だったの。わたしのために、父が命がけでまもりぬいてくれた、かけがえのない一冊。だから、わたしにとっては、この世でいちばんたいせつな宝物なのよ」

先生の顔から、くらいかげが、すこしずつきえていき、いつものほほえみがもどってきた。

「『マッチ売りの少女』は、かなしいけれど、いつまでも心にのこる、すばらしいお話ね。

トマス、ここへきて、この本を読んでもらえないかしら？　まだ一度も、ユニコーンのせなかに、のっていないでしょう？」

みんながいっせいに、ぼくの顔を見た。ぼくが立ち上がるのをまっているみたいだ。きゅうに口の中が、からからになってきた。体がすくんで、動けない。

やっぱり、ぼくにはむりだ。ぼくは、声に出して本を読むのが、本当ににがてだった。学校でも、うまく読めたためしがない。カ行やタ行の音がだめで、とくに「か」ではじまる言葉は、かならず、つかえてしまう。へんな読み方をして、みんなにわらわれたらどうしようと、いつもびくびくしていた。

「だいじょうぶよ、トマス。さあ、わたしのとなりに、いらっしゃい。いっしょに、ユニコーンのせなかにすわりましょう」

先生がはげましてくれた。

ぼくは、先生にいわれたとおり、ユニコーンのせなかにすわって、本を読みはじめた。すると、まほうの力がはたらいたのか、不安な気もちは、すっときえてしまった。まるで、ひとりで山のてっぺんに立ち、声をかぎりにうたっているときのような気分だった。ごくしぜんに大きな声が出て、ぼくの言葉は、音楽のように部屋じゅうに鳴りひびいた。

ぼくは、うれしくてしかたなかった。だれもが、ぼくの声に耳をかたむけている。ただ、ぼくの声など、どうでもよかったのかもしれない。みんなもぼくも、『マッチ売りの少女』のお話そのものに、すっかり、むちゅうになっていたのだから。

その日、はじめて図書館から、本をかりてかえった。えらんだのは、『イソップ童話集』。前に先生に読んでもらったとき、動物たちのお話がおもしろくて、すきになった。

その日の夜、母さんが「おやすみ」をいいにきたとき、ぼくはイソップ童話を声に出して読んでいた。ねむる前に、いつもは母さんが本を読んでくれていたけれど、その晩は、ぼくが母さんに読んであげた。

そんなことをするのは、はじめてだったから、父さんもやってきて、部屋の入り口で、ぼくが読むのを聞いていた。

読みおわると、父さんは手をたたいた。

「すごいぞ、トマス。よく読めるようになったなあ」

父さんにほめられて、ぼくは、すごくうれしかった。父さんは、なんだか、なみだぐんでいるみたいだった。うれしくて泣いているのならいいな、とぼくは思った。

母さんも、ぼくが図書館から本をかりてきて、声に出して読むなんて、思ってもみなかったらしく、おどろきと、うれしさで、どうしていいかわからないという顔をしていた。

そして、母さんはなにもいわずに、ぼくをぎゅっとだきしめてくれた。
あんなに強くだきしめられたのは、はじめてだったかもしれない。

6　戦争がきた

その年の夏、ぼくらがくらす村に、「戦争」がやってきた。

戦争がおきていることは、なんとなく耳にしていたし、村から戦争に行った人がいることも知っていた。

郵便局のイワン・ゼックさんや、となりの農場ではたらいていたパボ・バティナさん、フラノのお兄さんのトニオもそうだ。

でも、その人たちが、なぜ戦争に行ったのかも、どこで戦争がおきているのかも、どうして戦争がはじまって、なんのために戦っているのかも、子どものぼくには、ぜんぜんわからなかった。

テレビには、戦車がどこかの町をすすむようすが、ときどき映った。戦車にのっている兵士たちは、わらいながら、とくいげに親指を立てたり、手をふったりしていた。

「心配ないわ。戦争がおきているのは、ずっと南の遠いところだもの。それに、どうせ、もうすぐおわるはずよ」と、母さんはいった。

遠くの森までさんぽに行ったとき、父さんも、最後に勝つのはこっちがわだし、戦争がこの村にくることは、ぜったいにない、ときっぱりいっていた。

戦争がきた！　と思った瞬間を、ぼくは、はっきりおぼえている。

それは、ごくふつうの、学校へ行く日で、朝食のとき、ぼくはまだ、ねぼけていた。

「さっさと、じぶんの仕事をやってしまいなさい！」と、母さんにせかされ、朝食をすますと、鳥小屋へむかった。

夜のあいだはしめきっている小屋をあけ、ニワトリにエサをやるのが、ぼくの仕事だ。まず、卵をだいているメンドリのはらの下に手を入れ、ヒナがかえっていないか、たしかめることにした。

そのとき、ものすごく大きな音が聞こえた。飛行機が、かなりひくいところを飛んでいるような音だ。

鳥小屋から出ると、爆撃機が一機、家々の屋根をかすめるように飛んでくるのが見えた。

ぼくの目の前で、爆撃機は急上昇し、機体をかたむけて方向をかえると、またもどってきた。太陽のひかりをうけ、あかるくかがやく爆撃機は、まるで、きらめく大ワシのようだった。

きれいだなあ、と思った瞬間、川のむこうに爆弾が落ちた。爆撃機は、爆弾を落としながら、どんどん近づいてくる。

なにもかもが、あっというまだった。

母さんが家からとびだしてきた。父さんがぼくの手をつかんだ。ふたりは、どっちがおばあちゃんをさがしにいくか、大声でどなりあっていた。

母さんが、ぼくにむかって、さけんだ。

「おばあちゃんとあとから行くから、あんたは、父さんと先に山へにげなさい！」

父さんとふたりで畑をつっきり、山をめざして、しゃめんをかけ上がった。

山の中に入ると、木の下にかくれ、爆撃機が上空をぐるぐる旋回するのを、ただじっと見ていた。

村からは、何百人もの人が、川のようにつらなり、ぼくらのいる山をめざして、にげてくる。

どうか母さんとおばあちゃんが、あの中にいますように！

父さんとぼくは、ひっしに祈った。

でも、ふたりのすがたは、なかなか見つけられなかった。

爆撃機は、爆弾を落とすのをやめると、また、家の屋根すれすれのところを何度か飛び、やがて空高くまいあがると、山のむこうへきえていった。

そのとき、母さんとおばあちゃんのすがたが見えた。こちらへむかって、山のしゃめんをかけ上がってくる。

ああ、よかった！　ぼくは心のそこから、ほっとした。

父さんとぼくは、木の下からとびだし、母さんたちにかけよると、ふたりをささえて、また木の下へもどった。

そして、みんなでひたいをおしつけあい、しっかりだきあった。おばあちゃんは、神さまへの祈りの言葉をさけび、母さんは、うめき声を上げながら、体を前後にゆらしつづけた。

ぼくは、おろおろするばかりで、泣くことさえできなかった。

父さんがいった。

「いいか、よく聞くんだ。むかえにくるまで、三人とも、ここにいてくれ。ぜったいに、どこへも行くんじゃないぞ」

山をおりようとしているのは、父さんだけではなかった。ほかの男の人たちも、しゃめんをかけおり、いそいで村のほうへむかっている。

「父さんたちは、どこへ行くの？」と母さんに聞いてみた。でも、返事がない。ふりかえると、母さんとおばあちゃんは、ひざまずいて、声は出さずに口だけ動かし、ただひたすら祈りの言葉をとなえていた。

ぼくらは、父さんにいわれたとおり、どこへも行かずに、ずっと山に身をひそめていた。そして、山の上から、すべてを見ていたのだ。

村に戦車がやってきて、通りをすすむようすや、銃をかまえる兵士のすがたなど、下でおこっていることが、はっきりわかる。

村じゅうに火が燃えひろがり、たくさんの家が焼け、ものすごいけむりが立ちのぼっていく……。

そのうち、けむりしか見えなくなり、なにも聞こえなくなった。
敵は、いなくなったのかな?
戦争は、もう、おわったということ?
神さま、どうか戦争をおしまいにしてください!
敵が、もどってきませんように!
父さんが、ぶじでありますように!
そのあと、どのくらい山にかくれていただろう。
村が炎につつまれているというのに、ぼくらは、どうすることもできずにいた。

ようやく、男の人がひとりだけ、村からもどってきた。山のしゃめんをかけ上がってきたのは、父さんではなく、フラノのお父さんだった。

ハアハアという息が落ちつくと、フラノのお父さんは、みんなにいった。

「戦車も、兵士どもも、ようやく、いなくなった。もう、だいじょうぶだ。

みんな、家にかえれるぞ」

「ぼくの父さんは？」

と聞いたら、フラノのお父さんは、こまった顔をした。

「ごめんよ、トマス。わからないんだ」

ぼくらは、山をおりた。ぼくが先頭に立ち、母さんは、おばあちゃんの
手をとって、あとからついてきた。
家にたどりつくとすぐに、父さんをさがした。大きな声でよんだけど、
返事はない。
動物たちのようすを見にいくと、ウシが死んでいた。ブタも死んでいた。

そこらじゅうが血だらけだった。

ぼくの家は、なんとか焼けずにすんだけど、まわりの家は、かなりひどくやられていた。

父さんをさがしに村の中心へむかうとちゅう、焼け落ちた家をたくさん目にした。

ぼくは、会う人ごとに、父さんを見なかったか、たずねた。でも、見たという人はいない。

だれもが泣きさけんでいて、気がつくと、ぼくも泣いていた。血だらけのウシとブタのすがたが、あたまからはなれず、さいあくのことを考えはじめていた。

父さんは死んでしまって、もう二度と会えないかもしれない……。

7　火の中のユニコーン

村の中心は、ほとんどの建物が爆撃をうけて、めちゃくちゃだった。役場も炎につつまれていた。通りにとまっている車は黒こげで、まるで、虫のぬけがらのようだ。タイヤだけが燃えつづけているのも、数台あった。

男の人や女の人が、ホースやバケツをもって走りまわっていたけれど、その中に、父さんのすがたはなかった。

いそがしく走りまわる人々を、ぼうぜんと見ながら、立ちつくしている人たちもいた。

父さんのことをたずねると、みんな口をパクパクするだけで、声は出な

い。いつもは大声でしゃべるリバンじいさんも、ただくびをふり、すすり泣くだけだった。

そのとき、図書館が目に入った。

二階のまどから、いきおいよく火がふきだしている。近くに消防車がとまって、消防士たちがホースをのばしていた。

「父さんを見ませんでしたか？　ぼく、父さんをさがしているんです」

こたえを聞く前に、父さんとユニコーン先生のすがたが、ぼくの目にとびこんできた。

ふたりいっしょに、図書館から出てきたのだ。ふたりとも、山のようにつんだ本を両うでにかかえている。

ぼくは泣きながら、かけよった。

「父さん、さがしたんだよ！　見つからないから、ぼく、父さんが死んじゃったかと思った……」

そういいながら、ぼくは、父さんたちが図書館の外階段に本をおくのを、手つだった。

本をぜんぶおろすと、父さんは、ぼくを力強く、ぎゅっとだきしめてくれた。

先生は、火の手の上がった図書館を見上げて、息をきらしながら、父さんにいった。

「早くしないと、本が燃えてしまう！　もうすこし、はこびだすのを手つだってもらえますか？」

先生と父さんが階段を上がっていくのを、ぼくが追いかけようとすると、父さんにとめられた。

「だめだ、トマス。おまえは、ここにいろ。父さんたちがはこんでくる本に、火が燃えうつらないように、気をつけていてくれ」

父さんと先生は階段をかけ上がり、図書館の中へ入っていった。

そして数分後には、また両うでいっぱいに本をかかえて、もどってきた。

いつのまにか、たくさんの人たちが、図書館前の広場にあつまっていた。

先生が、大きな声でよびかけた。

「みなさん、手をかしてください！　村のたいせつな本を、どうか、いっしょに救ってください！」

こうして、本の救出大作戦がはじまった。

何十人というおとなたちが、図書館の中へなだれこんだ。

「建物の中に入るのはきけんです！」と、消防士たちがどんなにさけんでも、だれも耳をかそうとしない。

村のおとなと子どもが力をあわせ、みるみるうちに本をはこびだすしくみができあがっていった。

ぼくたち子どもは、図書館の前に、ずらりと二列にならんだ。その列は、広場の反対がわにあるカフェまでつづいた。

おとなたちが図書館からはこびだした本は、子どもたちの手から手へわたり、さいごは、カフェの床やテーブルの上に、どんどんつみ上げられていった。

カフェがいっぱいになると、つぎは、ダニクおばさんの食料品店に本をはこんだ。ダニクさんは、「ごほうびよ」といって、作業のあいまに、子どもたちみんなに、おかしをくれた。

図書館ぜんたいに火が燃え広がり、いよいよきけんになると、消防士が、おとなたちにいった。

「これ以上、図書館の中に入ってはだめだ！　もう、いつ天井が落ちてきてもおかしくない！」

ぼくは、思わずさけんだ。

「ユニコーンは、どこ？　ユニコーンも、たすけなきゃ！」

でも、心配はいらなかった。

さいごのさいごに、先生と父さんが、ユニコーンをかかえて出てきたのだ。ふたりとも、顔はすすでまっ黒、目はまっ赤だ。

ユニコーンは、せなかが黒く焼けこげ、足もしっぽも、なくなっていたけれど、顔は白く、角は金色にかがやいている。

ユニコーンは、大きくて重いので、先生も父さんも、よろよろしていた。

ぼくは、あわてて図書館前の階段をかけ上がり、手をかした。

三人でユニコーンをかかえて階段をおりていくと、広場にいた人たちは、いっせいに声を上げ、手をたたいた。図書館のユニコーンがぶじだったのを、だれもがよろこんでいる。

広場のまん中までたどりつくと、先生は、ユニコーンのせなかにすわって、息ぐるしそうに、せきこんだ。ダニクさんが、先生にコップの水をさしだした。

先生を心配して、みんながあつまってきた。

先生は、くるしそうだったけど、ユニコーンにすわっているすがたを見ていたら、なんだかいつもみたいに、また、お話をしてくれるような気がしてきた。

水をのみほすと、先生が話しだした。

「みなさんに、図書館のユニコーンのことを、話しましょう」

先生の声は、まだしゃがれていた。

「このユニコーンはね、わたしの父がつくったものなの。父は、よくいっていたわ。これは、木でできたユニコーンだけれど、本物とおなじように、ふしぎなまほうの力をもっているんだよって。

わたしは、子どものころからずっと、父の言葉をしんじてた。そして今、ユニコーンのまほうは本当だと、強くかんじています。

本を救いだすことができたのは、このユニコーンのおかげじゃないかしら。火の海の中で、ユニコーンは、わたしたちのたいせつな本を、まほうの力でまもってくれた。本のそばに、ずっと、よりそっていてくれたんですもの」

先生は、ぼくたちを見まわして、ほほえんだ。

「ユニコーンのお友だちも、本を救うために、力をかしてくれましたね」

そして、燃えさかる図書館を見上げると、先生は話をつづけた。

「だいじょうぶ、心配しないで。建物はこわせても、わたしたちのゆめをこわすことは、だれにもできないわ。

図書館は、本さえ救いだしたら、あとはただの建物よ。何度でも建て直せるわ。ユニコーンもかならず、もとどおりのまっ白なすがたにもどります。

わたしたちの図書館を、みんなでもう一度つくりましょう。前よりもっといい場所にしましょうね。

とにかく、まずは、救いだした本をどうするかだわ。こんなにたくさんの本を、どこに、おいておけばいいかしら?」

「ぼくの家は? うちに、すこしなら、おけると思うんだ」と、フラノがいった。

「あたしの家にも！」と、アナも声を上げた。

「まあ、ありがとう！

わたしたちみんなの家に、すこしずつ本をおいておけば、あんしんね。それぞれが、あずかれるだけの本を、もっていくことにしましょう。

本が水にぬれないように、ほこりまみれにならないように、気をつけてください。本をだいじにして、ときどきは読んであげてね。読んでもらうことは、本にとって、とてもたいせつなことなのよ。

あと一年か二年で、この戦争も、きっとおわります。

平和になって、あたらしい図書館ができたら、そのとき、すべての本を、もちよりましょう。きれいに直したユニコーンを図書館において、みんなで、またお話をしましょうね。それまでは、どこかべつの場所で、お話会をつづけましょう」

そのあと、先生が身をのりだしたので、ぼくも、みんなも、いっそう耳をそばだてた。

「今、話したことが、すべて本当になるように、みんなで力をあわせましょう。本当のことにするために、たいせつなのは、かならずそうなると、心のそこからしんじることよ。

だいじょうぶ。わたしは今、まほうの力をもつユニコーンのせなかにのって、話しているんですもの。なにもかも本当のことになるわ、きっと」

あの晩、家が焼けずにすんだ人たちは、荷車いっぱいの本をもちかえり、たいせつにあずかることにした。

いっぽうで、家が焼け、かえれなくなってしまった村人もいた。そういう人たちにも、それぞれ、あんしんしてねむれる場所が見つかった。

ぼくのうちは、フラノの家族をうけいれた。

フラノは、図書館の本を、まっさきに、自分の家であずかるといったのに、家は焼けてしまっていたのだ。

ぼくの部屋には、図書館の本が山づみになり、フラノもいっしょに、ねることになった。家がにぎやかになったのはよかったけど、フラノのいびきだけは、ちょっとうるさかった。

8　あたらしい図書館

くらい戦争の日々がおわると、どの家も建て直され、フラノの家族も、あたらしい家に引っこしていった。

もちろん、図書館もできあがった。あたらしくてきれいなことをのぞけば、前の図書館とまったくおなじつくりだ。

ユニコーンも、こわれたところを直して、もとどおりになった。

村の人たちがあずかっていた本は、すべて図書館にもどり、本棚にずらりとならべられた。

なにもかも、本当に、先生がいったとおりになったのだ！

あたらしい図書館が開館する日、先生と父さんとぼくは、ユニコーンを図書館の中へはこびこむ役をたのまれた。あのおそろしい日に、ユニコーンを火から救ったのが、ぼくたち三人だったからだろう。

図書館前の広場では、たくさんの人が旗をふり、楽隊が音楽をかなでていた。

みんなが手をたたき、歓声を上げている中に、母さんとおばあちゃんのすがたも見えた。ふたりとも、なみだをぬぐっていた。

ぼくはなんだか、むねがいっぱいになった。

村長さんが、声をはり上げて、あいさつをした。

「今日は、われわれの村にとって、歴史にのこる、すばらしい日であります。本日を、『ユニコーンの日』とします。

さあ、みなさん、あらたな一歩をふみだしましょう！」

その日の夜は、花火が上がり、うたったり、おどったり、町じゅうが大さわぎになった。あんなにたのしくて、うれしくて、よろこびにあふれた日は、ぼくの人生で、あとにも先にも、ほかにはない。

あれから二十年もの年月がたち、国は平和をとりもどしている。ぼくらの村は、運がよかったほうだろう。ほかの村や町では、あの戦争で、たくさんの人が亡くなったのだから。

ただ、郵便局のイワン・ゼックさんは、戦争がおわっても、かえってこなかった。どこかの捕虜収容所で命を落としたらしい。フラノのお兄さんのトニオは、かえってきたけれど、目が見えなくなり、足も一本うしなっていた。

だから、すべてがもとどおりになったわけじゃない。戦争の前とあとでは、いろんなことがかわってしまうのだ。

ユニコーン先生は、今も、村の図書館ではたらいている。そして放課後には、子どもたちが、先生のお話を聞きに図書館にあつまってくる。

ぼくは今、本を書く仕事をしているので、ときどき、先生にたのまれて、子どもたちにお話をしにいく。

本を書くというのは、お話をつむぎだすことだ。でも、つむぐ糸が見つからなくなってしまうこともある。そんなとき、ぼくは、ユニコーンに会いにいく。ふしぎな力をもつユニコーンのせなかにのると、お話が、泉のようにわいてくるのだ。

ぼくは、ユニコーンの力をしんじている。心から、しんじているんだ。

訳者あとがき

山や森をかけまわるのが大すきな少年、トマスは、ある日、お母さんにつれられていった図書館で、「ユニコーン」と、「ユニコーン先生」とよばれる、司書の女の人に出会います。

木でできたユニコーンのせなかにすわって、お話を語るユニコーン先生。はじめは気のすすまなかったトマスですが、お話の世界にぐんぐん引きこまれ、本のたのしさに、めざめていきます。

ところが、遠くでおきていたはずの戦争が、とつぜん、トマスの村をおそいます。爆弾を落とされ、火の手の上がる図書館。トマスたちは、ぶじに本を救いだせるでしょうか。そして図書館のユニコーンは、どうなってしまうのでしょう。

この本を書いたのは、イギリスを代表する児童文学作家、マイケル・モーパーゴです。モーパーゴは、さまざまな史実を題材に、戦争などについての作品をたくさん書いています。

本書は、実際に図書館の本を救ったという、ロシア人司書の話をもとに書いたそうです。ほかにも、具体的な地名は出てきませんが、過去にあったできごとを思わせる場面があります。

たとえば、ユニコーン先生が子どものころ、兵士に本を燃やされたという部分は、ヒトラーひきいるナチスがドイツを支配していた一九三〇年代に、よく似たことがおきました。また、トマスの村をおそった戦争は、一九九〇年代に、東ヨーロッパでおこった内戦を思わせます。

作中で語られる「ユニコーンのお話」は、キリスト教の聖典のひとつ、旧約聖書にある「ノアの方舟」の話とかさなります。神さまがノアに命じて、大きな方舟をつくらせ、ノアの家族と動物たちを、大洪水から救ったという筋はおなじですが、聖書では、ユニコーンの話は出てきません。

ノアの方舟の話は、東ヨーロッパにつたわる民話にもあります。その中では、ユニコーンも方舟にのせてもらえるのですが、ほかの動物たちを角でついてあばれたので、ノアに方舟から追いだされてしまいます。この本に出てくるユニコーンとは、だいぶイメージがちがいますね。

モーパーゴは、伝説の生き物であるユニコーンに、物語の力であらたな命をふきこみました。図書館のユニコーンも、ノアがまごのために木でつくったユニコーンも、人々の心のささえとして、また、希望をもたらすものとしてえがかれています。
戦争（せんそう）や災害（さいがい）など、つらく、かなしいことにみまわれたときも、本の力をしんじて、物語（ものがたり）をたのしむことを忘（わす）れないでほしい。モーパーゴはみなさんに、そう伝（つた）えたいのではないでしょうか。

二〇一七年十月

おびかゆうこ

【作家】
マイケル・モーパーゴ（Michael Morpurgo）
1943年イギリス、ハートフォードシャー生まれ。ウィットブレッド賞、スマーティーズ賞、チルドレンズ・ブック賞など、数々の賞を受賞。作品に、『ミミとまいごの赤ちゃんドラゴン』『ゾウと旅した戦争の冬』『シャングリラをあとにして』（いずれも徳間書店）、『戦火の馬』『走れ、風のように』（ともに評論社）、『発電所のねむるまち』（あかね書房）他多数。

【画家】
ゲーリー・ブライズ（Gary Blythe）
リヴァプール工芸学校でイラストレーションとグラフィック・デザインを学ぶ。はじめての絵本『くじらの歌ごえ』(ダイアン・シェルダン作 BL出版)ではケイト・グリーナウェイ賞を受賞。以来、児童書のイラストレーターとして活躍をつづけている。

【訳者】
おびかゆうこ（小比賀優子）
国際基督教大学教養学部語学科卒業。出版社勤務の後、ドイツ留学を経て、子どもの本の翻訳に携わる。訳書に『ねずみの家』『うちはお人形の修理屋さん』『ミミと まいごの赤ちゃんドラゴン』『嵐をしずめたネコの歌』『帰ってきた船乗り人形』（以上、徳間書店）、『かわいいゴキブリのおんなの子メイベルとゆめのケーキ』（福音館書店）ほか多数。

【図書館にいたユニコーン】
I BELIEVE IN UNICORNS
マイケル・モーパーゴ 作
ゲーリー・ブライズ絵
おびかゆうこ訳 Translation © 2017 Yuko Obika
112p、22cm、NDC933

図書館にいたユニコーン
2017年11月30日　初版発行
2024年7月1日　6刷発行
訳者：おびかゆうこ
装丁：鳥井和昌
フォーマット：前田浩志・横濱順美

発行人：小宮英行
発行所：株式会社 徳間書店
〒141-8202　東京都品川区上大崎3-1-1　目黒セントラルスクエア
Tel.(03)5403-4347(児童書編集)　(049)293-5521(販売)　振替00140-0-44392番
印刷：日経印刷株式会社
製本：大口製本印刷株式会社
Published by TOKUMA SHOTEN PUBLISHING CO., LTD., Tokyo, Japan.　Printed in Japan.

徳間書店の子どもの本のホームページ　https://www.tokuma.jp/kodomonohon/

ISBN978-4-19-864521-2

とびらのむこうに別世界

【ポリッセーナの冒険】
ビアンカ・ピッツォルノ 作
クェンティン・ブレイク 絵
長野徹 訳

「私の本当の両親は、きっとどこかの国の王さまとお妃さまなんだわ」と夢見るポリッセーナ。ある日、自分が本当にもらい子だと知ってしまい、両親を探す旅に出ますが…？　はらはらドキドキの冒険物語！

小学校低・中学年〜

【たのしいこびと村】
エーリッヒ・ハイネマン 作
フリッツ・バウムガルテン 絵
石川素子 訳

まずしいねずみの親子がたどりついたのは、こびとたちがくらす、ゆめのようにすてきな村…。ドイツで読みつがれてきた、あたたかで楽しいお話。秋の森をていねいに描いた美しいカラーさし絵入り。

小学校低・中学年〜

【つぐみ通りのトーベ】
ビルイット・ロン 作
佐伯愛子 訳
いちかわなつこ 絵

どうしよう、木からおりられなくなっちゃった！　親友の誕生会で失敗を笑われた小2のトーベは、こっそりぬけだしますが…？　ちょっぴり内気な女の子の成長を楽しく描く、すがすがしい物語。

小学校低・中学年〜

【犬ロボ、売ります】
レベッカ・ライル 作
松波佐知子 訳
小栗麗加 絵

ロボ・ワンは新米発明家が開発した犬型お手伝いロボット。ぐうたらな飼い主一家にこきつかわれ、身も心もへとへとになったある日…。人間と同じ「心」を持った犬ロボのゆかいなお話。挿絵多数！

小学校低・中学年〜

【そばかすイェシ】
ミリヤム・プレスラー 作
齋藤尚子 訳
山西ゲンイチ 絵

イェシは赤毛でそばかすの女の子。とっぴなことを思いつく名人です。ある日、ダックスフントを三匹続けて見かけ、三つの願いがかなう日だと信じこんで⁉　ゆかいな三つのお話。挿絵もいっぱい！

小学校低・中学年〜

【ふしぎをのせたアリエル号】
リチャード・ケネディ 作
中川千尋 訳・絵

ある日ふしぎが起こりました。お人形のキャプテンが本物の人間になり、エイミイがお人形になってしまったのです！　海賊の宝を求めて船出した二人の運命は⁉　夢や冒険、魔法やふしぎがいっぱいの傑作！

小学校低・中学年〜

【リンゴの丘のベッツィー】
ドロシー・キャンフィールド・フィッシャー 作
多賀京子 訳
佐竹美保 絵

「できない、こわい」が口ぐせのベッツィー。新しい家族に見守られ、自分でやってみることの大切さを教わるうちに…『赤毛のアン』と並んで、アメリカで百年近く愛されてきた少女物語の決定版！

小学校低・中学年〜

徳間書店の児童書

【ネコのミヌース】 アニー・M・G・シュミット 作 / カール・ホランダー 絵 / 西村由美 訳

もとネコだったというふしぎな女の子ミヌースが、町中のネコといっしょに、新聞記者のティベを助けて大かつやく！ アンデルセン賞作家シュミットの代表作、初の邦訳。

小学校低・中学年〜

【なまけものの王さまとかしこい王女のお話】 ミラ・ローベ 作 / ズージ・ヴァイゲル 絵 / 佐々木田鶴子 訳

おいしいものを食べて、寝てばかりいた王さまは、病気になってしまいました。元気な王女のピンピは、王さまの病気を治してくれる人をさがしに森へ…。長く愛されてきたオーストリア生まれのお話。

小学校低・中学年〜

【うちのおばあちゃん】 イルゼ・クレーベルガー 作 / ハンス・ベーレンス 挿絵 / 齋藤尚子 訳

ぼくの自慢はおばあちゃん——自由で生き生きした心の持ち主のおばあちゃんがいるだけで、何でも楽しくなってくる!! 1960年代に出版されて以来ロングセラーを続けるドイツの児童文学！

小学校低・中学年〜

【帰ってきた船乗り人形】 ルーマー・ゴッデン 作 / おびかゆうこ 訳 / たかおゆうこ 絵

船乗り人形の男の子が、本物の海に乗り出すことに！ 人形たちと子どもたちの、わくわくする冒険と心の揺れを、名手ゴッデンが繊細に描く、正統派英国児童文学の知られざる名作。楽しい挿絵多数。

小学校低・中学年〜

【ペンギンは、ぼくのネコ】 ホリー・ウェッブ 作 / 田中亜希子 訳 / 大野八生 絵

小学校３年生の男の子アルフィーが飼っているネコは「ペンギン」。ふたりはいつも、となりのおばあさんの庭でこっそり遊んでいましたが、孫のグレースが越してきて…？ ほのぼのとあたたかい児童文学。

小学校低・中学年〜

【ふたりはなかよし マンゴーとバンバン バクのバンバン、町にきた】 ポリー・フェイバー 作 / クララ・ヴリアミー 絵 / 松波佐知子 訳

町にまよいこんだバクの子が、うちでくらすことに！ なんでもできるかしこい女の子マンゴーと、バクの子バンバンのエピソードを四話おさめた、二色刷りのさし絵たっぷりのたのしい読み物。

小学校低・中学年〜

【ふたりはなかよし マンゴーとバンバン バクのバンバン、船にのる】 ポリー・フェイバー 作 / クララ・ヴリアミー 絵 / 松波佐知子 訳

なんでもできるかしこい女の子マンゴーの家でくらしはじめたバクの子バンバンに、マンゴーは、ならいごとをさがしてあげますが…。エピソードを四話おさめた、さし絵たっぷりのたのしい読み物。

小学校低・中学年〜

BOOKS FOR CHILDREN